Jürg Obrist
Ein Fall für Kommissar Maroni

© privat

Jürg Obrist, geboren 1947, erlernte den Beruf des Retuscheurs und besuchte die Fachklasse Fotografie an der Schule für Gestaltung, Zürich. Nach einem langjährigen USA-Aufenthalt lebt er heute als freier Illustrator und Autor mit seiner Familie in Zürich.

Die aufregenden Fälle um Kommissar Maroni entstanden ursprünglich für das Schweizer Schülermagazin SPICK. Wenn Obrist sich nicht gerade neue Fälle für Maroni oder für die beliebten Detektive Kalle Bohne und Gitta Gurke ausdenkt und in Szene setzt, gestaltet er auch Bilder- und Kinderbücher und arbeitet für zahlreiche Kinder- und Jugendzeitschriften.

Weitere Titel von Jürg Obrist bei dtv: siehe Seite 4

Jürg Obrist

Ein Fall für Kommissar Maroni

40 Minikrimis zum Mitraten

dtv

Von Jürg Obrist sind außerdem bei dtv lieferbar:
Lauter klare Fälle?!
Verflixt, das Klasofon ist weg!
Wer löst den Fall?
Eine heiße Spur für Kommissar Maroni

Originalausgabe
6. Auflage 2024
© 2009 dtv Verlagsgesellschaft mbH & Co. KG,
München
Umschlagkonzept: Balk & Brumshagen
Umschlagbild: Jürg Obrist
Lektorat: Maria Rutenfranz
Gesetzt aus der Akzidenz Grotesk 12/16˙
Satz: Greiner & Reichel, Köln
Druck und Bindung: Esperia srl, Lavis
Printed in Italy · ISBN 978-3-423-71361-0

Ein Mann für alle Fälle

»Kommen Sie schnell!« »Hier ist was faul!« – Solche Hilferufe be-
kommt Kommissar Maroni tagtäglich am Telefon zu hören. Zum
Glück ist er immer gleich zur Stelle und bringt
durch geschickte Ermittlungen rasch Klar-
heit in die verzwicktesten Fälle. Binnen
kürzester Zeit legt er Gaunern, Die-
ben und Hochstaplern das
Handwerk. Kein Übeltäter
ist vor ihm sicher. Wie er
das macht? Das kann
man hier erfahren. Denn
hier werdet ihr selbst zu
Detektiven! Wer die Texte
genau liest und die Bilder sorgfältig
studiert, wird bald genauso schnell
wie Kommissar Maroni sagen können:
Klarer Fall!

   40 Mal geht Kommissar Maroni auf Spurensuche.
Es ist immer wieder verblüffend, welche Fälle er
zu lösen hat. Zum Beispiel den …

Das verpennte Rennen

Carl Wilos ist der haushohe Favorit beim 10 000-Meter-Lauf der Herren. Doch um 11.10 Uhr, kurz vor dem Rennen, entdeckt Pepe, Carls Trainer, Carl tief schlafend in seiner Garderobe.

Pepe versucht mit allen Mitteln, ihn aufzuwecken. Aber Carl schläft wie ein Klotz! Vor ihm steht eine dampfende Tasse Tee. Carl trinkt immer eine Tasse heißen Tee zur Beruhigung kurz vor einem großen Rennen.

Als der sofort gerufene Kommissar Maroni den Raum betritt, schimpft Pepe sofort los: »Keine Frage, das ist Sabotage! Jemand muss Carl unbemerkt ein Schlafmittel in den Tee geschüttet haben, um ihn aus dem Rennen zu werfen.«

Und tatsächlich: Maroni findet Spuren von Schlafpulver neben der Teetasse.

Drei seiner Rivalen haben Carl noch kurz zuvor in seiner Kabine besucht. Nach ihren Aussagen ist Maroni sofort klar, wer hier lügt und sich an Carls Tee zu schaffen gemacht hat.

Bill Stramm:
Ich war um 10.30 Uhr bei Carl. Wir besprechen immer die Rennen vor dem Start. Da saß er gerade gemütlich bei seinem Tee.

Agusto Rasanti:
Vor vier Minuten holte ich mir bei Carl ein Pflaster. Er trank seinen Tee und war noch hellwach. Ich ging gleich wieder.

Jean de Vite:
Ich guckte bei Carl vor einer Minute noch rein, um nach dem Startplan zu fragen. Da schlief er schon wie ein Baby.

Begehrte Mickymaus

Kommissar Maroni steht mitten in Paulis Puppen- und Figurensammlung. Pauli zeigt Maroni eine Vitrine mit zerbrochener Glasscheibe. »Darin stand meine wertvolle, 55 Jahre alte Mickymaus-Figur«, klagt er. »Als ich heute Morgen von der Kaffeepause wieder reinkam, fand ich diese Sauerei vor. Und Micky war weg!«

»Wer hat Sie denn heute Morgen vor Ihrer Pause hier in diesem Raum besucht?«, fragt der Kommissar.

»Nur Nella Morks, eine besessene Puppensammlerin. Sie war besonders von meiner Mickymaus angetan und bot mir viel Geld dafür. Aber ich verkauf mein bestes Stück natürlich niemals.«

Maroni schaut sich etwas um. Dabei entdeckt er ein weißes Taschentuch am Boden und kurz darauf einen Kamm.

»Dieses Tüchlein gehört Nella«, sagt Pauli. »Sie hat ständig damit herumgefuchtelt. Den Kamm muss mein Kumpel Walli hier verloren haben. Er war aber gestern Abend hier. Wir haben bis um 23.00 Uhr Schach gespielt. Und heute Morgen kam er rasch im Büro vorbei.«

Zu Paulis Verblüffung erklärt Maroni: »Dank dieser zwei Funde kann ich Ihnen sagen, wer von den beiden Ihre Mickymaus geklaut hat.«

Was ist Maroni aufgefallen und wer ist der Dieb?

10

Neider am Werk?

Kommissar Maroni steht im Forschungslabor von Matts Banks – zusammen mit Dr. Banks, dessen Assistent Dr. Mickle und Tilo Seelig, dem Techniker. Dr. Banks ist kurz vor dem Durchbruch zu einer bahnbrechenden Erfindung. Doch heute Morgen machte er eine schreckliche Entdeckung: Die Kabel zum Hauptcomputer sind durchtrennt! Nun kann er nicht an seine wichtigen Daten heran! Offenbar will ein Neider Dr. Banks' Erfolg verhindern …

Da meldet Dr. Mickle dem Kommissar eine erstaunliche Beobachtung: »Ich habe nebenan im Büro gearbeitet. Etwa um 10.15 Uhr hörte ich hier aus dem Labor ein Geräusch. Ich wusste, dass Dr. Banks mit einem Kunden unterwegs ist, und wunderte mich, wer sich sonst hier aufhalten könnte. Ich öffnete die Bürotür einen Spalt und sah, wie jemand in einem weißen Kittel aus dem Labor schlich. An dem Heftpflaster auf der Wange habe ich gerade noch erkannt, dass es Tilo Seelig war!«

Donnerwetter! Mickle beschuldigt klar den Techniker der miesen Tat! Tilo Seelig protestiert: »Unerhört! Ich war heute Morgen nur ganz früh, zusammen mit Dr. Banks, im Labor. Um 10.15 Uhr saß ich schon längst wieder oben in der Bibliothek. Das muss jemand anders gewesen sein! Oder haben Sie gar selbst mit der Sache zu tun?«

Dr. Banks will nicht glauben, dass einer seiner eigenen Mitarbeiter gegen ihn arbeitet. Aber Kommissar Maroni weiß: »Jemand lügt!«
Wer hat die Kabel durchtrennt?

Der gestohlene Pisscao

Aus Leo Schweineburgers Kunstgalerie wurde über Nacht ein kostbares Gemälde von Pablo Pisscao entwendet. Als der Galerist am Morgen den Diebstahl entdeckt, alarmiert er sofort Kommissar Maroni.

»Hier muss der Dieb eingestiegen sein«, sagt Schweineburger und zeigt auf die zerbrochene Fensterscheibe. »Zum Glück funktionierte meine Sicherheitskamera! Die versteckte Kamera schwenkt automatisch alle 30 Sekunden von Ecke zu Ecke. Dabei registriert sie jede kleinste Bewegung und schießt ein Foto.«

Schweineburger legt Maroni sieben Bilder der letzten Nacht hin. Rasch ordnet dieser die Fotos nach Zeit und murmelt: »Drei Personen fallen als mögliche Täter schon mal weg. Die vierte Person aber müsste der Dieb sein!«

»Der Typ erinnert mich an Mills Wormer, den schmierigen Kunst- und Kitschhändler!«, ereifert sich Leo Schweineburger. »Er wollte mir den Pisscao schon oft günstig abluchsen. Hatte er etwa die Frechheit, mir das Bild letzte Nacht zu stehlen?«

Maroni und Schweineburger machen sich sofort auf zur Wormers Kunsthandlung. Dort angekommen, lacht Maroni sogleich: »Volltreffer!«

Ist Mills Wormer tatsächlich der Dieb und was geschah in der Galerie?

14

Der große Ufo-Bluff

»Langsam und gespenstisch senkte sich das fremde Flugobjekt und landete kaum 30 Meter von mir entfernt!«, berichtet Gert Nörmangler, der berühmt-berüchtigte Ufo-Spezialist, auf einem seiner Dia-Vorträge. »Hier ist der Beweis!« Er zeigt auf das Foto des gelandeten Ufos auf der Leinwand.

Das Publikum ist wie elektrisiert und hält den Atem an. Auch Kommissar Maroni ist im Saal – nicht weil er an Außerirdische glaubt, sondern um Nörmangler endlich das Handwerk zu legen. Er befürchtet nämlich, dass es sich bei Nörmanglers Geschichten um reine Erfindungen handelt – für die das Publikum freilich äußerst kräftig zur Kasse gebeten wird!

Maroni will beweisen, dass die angeblich echten Ufo-Bilder geschickte Fotomontagen sind. Der Kommissar gerät fast selbst in den Bann der Bilder. Doch plötzlich fällt ihm an dem gerade gezeigten Dia etwas auf. »Jetzt hab ich ihn!«, lächelt er. »Dieses Foto ist ganz klar eine Fälschung.«

Was hat Maroni entdeckt?

Panne oder Sabotage?

»Die Ladung muss spätestens um 13.30 Uhr bei Amotech sein!«, sagt Direktor Kablitz zu seinem LKW-Fahrer Toni. »Wenn wir diesmal nicht pünktlich liefern, kauft Amotech anderswo ein!«

Toni und sein Beifahrer Viktor fahren los. Bei der Autobahn-Tankstelle tanken sie. »Beeilen Sie sich!«, ruft Toni dem Tankwart zu und eilt zum Kiosk, während Viktor dösend im Wagen sitzen bleibt. Kurz darauf fahren sie weiter. Nach einigen Kilometern beginnt der Motor zu stottern, dann bleibt der Laster stehen.

»Was ist denn jetzt los?«, schimpft Toni. »Der Wagen wurde doch gerade erst vollständig überprüft. Ich verstehe das nicht.«

Er ruft Direktor Kablitz an. Dieser tobt: »Das ist Sabotage! Ich schicke Ihnen gleich Kommissar Maroni.«

»Wohl kein Benzin mehr, was?«, fragt der Kommissar, als er 20 Minuten später eintrifft.

»Wir haben gerade erst getankt!«, entgegnet Toni wütend.

Maroni inspiziert den Laster und grinst: »Dacht' ich's mir. Jemand hat Zucker in den Tank geschüttet! Ist Ihnen nichts aufgefallen?«

Toni winkt ab: »Wie denn? Ich war doch am Kiosk. Vielleicht hat Viktor etwas bemerkt?«

Der sagt zögernd: »Ich öffnete mein Fenster, um frische Luft zu schnuppern. Da sah ich den Tankwart am Tank herumfummeln.«

»Alles klar«, antwortet Maroni knapp.

16 Wen hält Maroni für den Schuldigen?

17

Ein dicker Hund

Um 8.45 Uhr betritt Kommissar Maroni die Kleintierpraxis von Frau Dr. Molch. Seine japanischen Tanzmäuse müssen gegen Mäusehusten geimpft werden. Karin Noppsel und Xaver Warzmann sitzen bereits mit ihren wohlgenährten Hunden im Wartezimmer.

Als Tierärztin Molch eintritt, um den ersten Patienten in ihr Sprechzimmer zu bitten, starrt sie verblüfft zur Medikamenten-Vitrine.

»Wer, zum Donnerwetter, hat all die Minus-Tabletten gestohlen?«, ruft sie entrüstet. »Ich habe heute früh die Packungen mit den Schlankheitspillen für fettleibige Haustiere eigenhändig nachgefüllt.«

Kommissar Maroni blickt nachdenklich zur Vitrine. Für ihn ist schon mal sonnenklar: Der Dieb muss alleine im Wartezimmer gewesen sein. Aber weder Karin Noppsel noch Xaver Warzmann hatten einen festen Termin vereinbart und wollen gekommen sein, als der andere schon da war.

Doch Maroni lächelt. Er kann bald sagen, wer der Dieb ist.

19

Flucht in die Kohlengrube

Maroni sitzt gerade bei einer Tasse heißem Kakao, als aufgeregt Polizeichef Stoller anruft: »Joe Motzer ist aus dem Gefängnis abgehauen! Er ist in Richtung alte Kohlengrube geflüchtet. Können Sie mit Ihrem Hund seine Fährte aufnehmen? Alle unsere Hunde werden im Moment für einen anderen Einsatz gebraucht.«

Maroni kann. Kurze Zeit später ist er mit seinem Hund Schnüff auf dem Weg zur alten Kohlengrube. Der Flüchtige hat unterwegs seine gestreifte Sträflingsmütze verloren. Schnüff riecht kurz daran, dann nimmt er Joes Fährte auf.

Die Spur führt tatsächlich direkt zur Grube. Maroni und Schnüff zwängen sich durch die schwere, halb geöffnete Eisentür. Dann stehen sie in der stillgelegten Kohlengrube zwischen Wasserlachen und Stolleneingängen.

»Ein richtiges Labyrinth!«, murmelt Maroni. »Joe muss in einen dieser Stollen geflüchtet sein. Los, Schnüff! Zeig mir den richtigen Eingang.«

Der Hund kläfft freudig und beginnt, bei jedem der Stolleneingänge nach Joes Fährte zu schnüffeln. Aber erfolglos, er kann sie nicht finden. Mit eingezogenem Schwanz kehrt er zu Maroni zurück.

Doch der lächelt nur: »Ist schon klar, Schnüff. Ich weiß, in welchen Stollen Joe geflüchtet ist.«

In welchem Gang muss Maroni Joe suchen?

21

Verflixte Kanonenkugel!

Aufseher Schmückel alarmiert Graf Waldemar, den Burgherrn von Schloss Schrotfeld. Das Fenster zur Ritterstube sei eingeschlagen und stehe offen. Davor sei von außen eine Leiter gelehnt. Und das Prunkstück der Sammlung, das goldene Schwert Fürst Wilfrieds von Ratzenholm des Ersten, sei aus der Vitrine verschwunden!

Verflixte Kanonenkugel, das darf doch nicht wahr sein! Dabei will Graf Waldemar das wertvollste Stück seiner Sammlung heute seinem neuen Besitzer übergeben, um von dem Erlös den Erhalt des maroden Schlosses zu sichern. Waldemar alarmiert sofort Maroni.

Kurz darauf stehen alle drei am Tatort. »Der Dieb muss ein Kenner sein. Ausgerechnet das kostbarste Stück der Sammlung ist ihm in die Hände gefallen!«, stellt Graf Waldemar aufgeregt fest.

Maroni nickt bloß und sucht sorgfältig nach Spuren.

Schmückel ist ganz zappelig: »Der Täter muss in der Nacht durch das Fenster eingestiegen sein. Er zerschlug von außen die Scheibe und konnte so das Fenster öffnen. Ganz klar! Als ich gestern Abend meinen Kontrollgang machte, war hier noch alles in Ordnung.«

Der Kommissar kratzt sich am Kopf und sagt: »Das wundert mich nicht. Ich glaube, dass der Dieb sich hier bestens auskannte und genau wusste, wann er zuschlagen musste. Geben Sie das Schwert wieder heraus, Herr Schmückel!«

Graf Waldemar starrt seinen Aufseher ungläubig an.

22 Was hat Maroni auf die richtige Spur gebracht?

Die Torte

Dagmar Frinkel feiert im Altersheim ›Zur Ruhe‹ ihren 70. Geburtstag. Schon früh am Morgen wird ihr eine feine Geburtstagstorte auf das Zimmer gebracht. Um 8.00 Uhr geht sie zu ihrer Freundin Luzia, um ihr von der Überraschung zu berichten. Als sie 10 Minuten später wieder zurückkehrt, ist sie entsetzt: Ihre Torte ist weg!

»Dahinter steckt sicher entweder dieser Toni Schmitz von Zimmer Nr. 3 oder Manfred Klopp aus Zimmer Nr. 5!«, klagt Dagmar.

Die zwei Herren sind ihre Zimmernachbarn, mit denen sich Dagmar leider nicht sonderlich gut versteht.

Sie will, dass sich ihr Neffe, Kommissar Maroni, um die Sache kümmert. Maroni hätte eigentlich Wichtigeres zu tun, aber seine Tante tut ihm leid. So kommt er gegen 10.15 Uhr ins Altersheim und nimmt sich umgehend Toni und Manfred vor, um zu erfahren, wo sie morgens um 8.00 Uhr waren. Toni antwortet, er habe um 8.00 Uhr in seinem Zimmer den Koffer gepackt. Er wolle nämlich am Nachmittag für drei Tage zu seiner Schwester nach Basel fahren. Manfred sagt, er habe wie jeden Morgen Punkt 8.00 Uhr in seinem Zimmer das Radio eingeschaltet, um die »Acht-Uhr-Nachrichten« zu hören.

Maroni schaut sich bei den beiden kurz um und wendet sich dann an Manfred: »Ich glaube nicht, dass Sie heute Morgen Nachrichten gehört haben, weil Sie nämlich um diese Zeit gerade die Torte meiner Tante klauten!«

24 Wie kommt Maroni zu diesem Schluss?

Die Sache mit dem Schnurrbart

Große Halloween-Party bei Rebecca! Überall schwirren Geister und gruselig verkleidete Gestalten herum. Doch als Rebecca ins Wohnzimmer kommt, stößt sie einen Schrei aus. Ihrem Urgroßvater auf dem Gemälde an der Wand wurde mit einem dicken Filzstift ein Riesenschnurrbart verpasst!

»Wer war das?« Großes Schweigen. Verärgert ruft Rebecca Kommissar Maroni. Er ist ein Freund der Familie.

»Pass auf, dass niemand das Haus verlässt«, weist er Rebecca am Telefon an. »Ich bin gleich da.«

Als Maroni eintrifft, schaut er sich das verunstaltete Bild an. Dann beginnt er die Gäste zu befragen.

»Hm. Keiner will es gewesen sein. Doch ich weiß genau, wer den Schnurrbart gemalt hat!«

Keine Ahnung, wer das war! Als ich von der Toilette kam, bemerkte ich den Schnurrbart.

LEA

Ich war mit Kim, Mara und Toni draußen im Garten. Wir kamen eben erst herein.

LARA

Ich und Rick spielten im Keller Billard. Wir sind sofort nach oben gerannt, als wir den Lärm hörten.

KEN

Ich war bis jetzt noch gar nicht in diesem Raum! Ich kam eben erst aus der Küche.

SELINA

Ich war die ganze Zeit in diesem Zimmer und habe getanzt. Ich sah aber nichts.

LAURA

Faule Ausrede

Lora Stimmler steht am Kiosk und will ihren Lottoschein einlösen. Sie hat ihn gestern gekauft und einen Treffer gelandet! Doch sie kann den Schein nicht finden. Dabei weiß sie genau, dass sie ihn heute Morgen in die Handtasche gesteckt hat!

Etwas entfernt von ihr steht Ronni Getz.

›Der war doch eben auch am Zeitungsstand‹, denkt Lora. ›Hat mir der Kerl am Ende den Schein aus der Tasche geklaut?‹

Sie geht zu Ronni und fragt, ob er zufällig einen Lottoschein gefunden habe.

Ronni reagiert überrascht: »Oh … ist das Ihr Schein? Der Wind wehte ihn mir direkt vor die Füße. Ich wollte ihn eben am Kiosk abgeben!«

Lora glaubt Ronni kein Wort.

Zufällig ist auch Kommissar Maroni beim Kiosk, um sich eine Zeitung zu kaufen. Er hat das Gespräch der beiden mitverfolgt.

Obwohl er den Tathergang nicht beobachtet hat, ist er sofort Loras Meinung: Ronnis Antwort stinkt. Ronni muss den Schein aus Loras Handtasche geklaut haben!

Weshalb ist sich Maroni so sicher?

29

Ungünstige Aussichten

Es ist Samstagmorgen. Heute scheinen gleich drei Unglücksraben bei Wahrsagerin Madame Gallupes um ihre Zukunft besorgt zu sein. Doch es ist wie verhext: Leider kann Madame weder Claudia noch Jungstudent Kuno und schon gar nicht Rentner Axel von schönen und positiven Zukunftsaussichten berichten.

Und auch Madame Gallupes scheint heute vom Pech verfolgt: Denn eigentlich hätte sie doch auch voraussehen können müssen, dass sie tags darauf von einem der drei heimlich noch einmal besucht und beraubt werden wird …

Entsetzt ruft Madame Gallupes Maroni an.

Schrecklich! Meine Kristallkugel wurde gestern gestohlen! Jemand hat es auch schon der Zeitung gemeldet. Hier steht es! Sicher ein Racheakt einer der drei Kunden, die zuletzt bei mir waren!

NEUES BL...

Mohlbach, Montag, 12. M...

Politiker über... im Prüfstand...

Diebstah... Madame Gallu... gestern Kristal... gestohlen!

...dre... Madame M. Gall... dass ihre wertvo... Kristallkugel... ihre einzig... um ihr...

Maroni fragt die drei sofort, wo sie am Tag zuvor gewesen seien.

Gestern besuchte mich eine Freundin. Wir waren die ganze Zeit bei mir. Danach gingen wir ins Kino.

Ich saß den ganzen Tag in der Bibliothek, um mich für die nächste Prüfung vorzubereiten.

Ich half einem Kumpel, die Wohnung neu zu streichen. Ich arbeitete dort bis 21 Uhr.

Maroni weiß, wer lügt!
Wer ist der Dieb?

Teure Tassen

Hulda Köffler konnte auf der Porzellan-Messe ihrem Sammeltrieb nicht widerstehen. Sie musste einfach ein paar der wunderschönen, aber sehr teuren Sammeltassen haben. Und da sie die Prachtstücke nicht bezahlen kann, hat sie sie einfach mitgenommen. Kommissar Maroni musste Hulda schon mehrmals wegen ihres Porzellan-Fimmels suchen. Hulda ist aber schwer zu finden. Immer wieder ist sie wie vom Erdboden verschluckt. Doch Maroni hat einen Hinweis, dass Hulda sich im Wohnwagen ihres Bruders Boris versteckt haben soll. Er beschließt, der Sache nachzugehen.

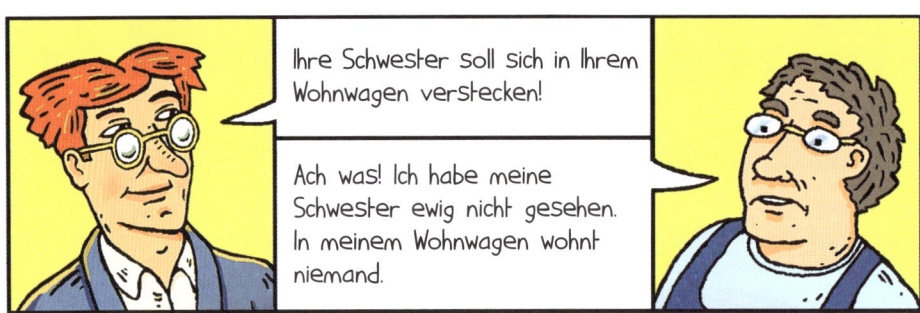

Wegen seiner schlechten Gesundheit sei sogar er, Boris, selbst vorigen Sommer zum letzten Mal in seinem Wagen gewesen.

Maroni bittet ihn, ihm trotzdem den Wohnwagen zu zeigen, der auf dem Campingplatz ›Schöne Heimat‹ abgestellt ist. Boris tut ihm den Gefallen.

»Schauen Sie sich nur um«, lacht Boris. »Hier wohnt niemand. Alles ist noch genau so, wie ich es im Sommer hinterlassen habe.«

»Hm …«, murmelt Maroni. »Scheint so. Und doch fällt mir etwas auf, das beweist, dass Sie unrecht haben. Ich bin sicher, Hulda wohnt hier.«

Weshalb ist sich Maroni so sicher?

Das Rätsel der Lo-Ming-Fische

»Nun kommen Sie schon«, drängt Kommissar Maroni Frido Fischling. »Rücken Sie die zwei Lo-Ming-Fischchen wieder raus!«

Alles weist darauf hin, dass Frido die zwei seltenen Zwillingsfische bei der Internationalen Wassertier-Schau geklaut hat.

Aber Frido, ein besessener Fischzüchter und Sammler, lacht bloß: »Das soll wohl ein Witz sein? Ich habe hier doch schon genug Fische. Diese Lo-Ming-Fische wären sowieso nicht glücklich in unseren Breitengraden!«

Doch Maroni ist sich sicher: Die zwei wertvollen Zwillingsfische sind bei Frido! Sie sind in ihrem Aussehen völlig gleich, es dürfte also nicht schwer sein, sie unter Fridos zahlreichen Fischen auszumachen, selbst wenn Frido die zwei vorsichtshalber auf zwei verschiedene Fischgläser verteilt hat.

Lange braucht Kommissar Maroni nicht zu suchen …

Wo sind die Lo-Ming-Fische und welche Farben haben sie?

Der falsche Nikolaus

Heute kommt der Nikolaus zu Mirta und Konrad. Ihr Großvater, der eine Etage höher wohnt, ist natürlich auch bei dem Besuch dabei. Doch o Schreck! Als der alte Mann wieder nach oben in seine Wohnung kommt, entdeckt er, dass inzwischen jemand seine goldene Taschenuhr stibitzt hat! Während der Nikolaus da war, konnte niemand ins Haus gelangen – Opa selbst hatte die Haustür während des Nikolausbesuchs abgeschlossen. Der Dieb muss sich also schon vorher ins Haus geschlichen haben.

Da kommt Kommissar Maroni, der eben auf dem Heimweg ist, wie gerufen. Zufällig trifft er vor dem Haus auf zwei Nikolause.

Maroni hört sich erst an, was die Kinder zu sagen haben.

Mirta erzählt: »Ich kam um 18.30 Uhr mit Mutter vom Einkaufen nach Hause.«

Konrad sagt: »Vater holte mich bei meinem Freund Billy ab. Wir sind noch vor dem starken Schneefall um 19.00 Uhr heimgekommen. Um 20.00 Uhr war dann der Nikolaus bei uns.«

Maroni ist bald klar, dass einer der zwei Nikolause der Dieb sein muss: »Der falsche Nikolaus hat sich etwas früher im Haus versteckt. Und während der richtige Nikolaus da war, hat er die goldene Uhr geklaut!«

Beide Nikolause sind empört, jeder behauptet, er sei lediglich zehn Minuten bei Konrad und Mirta gewesen.

Welcher der beiden Nikolause lügt?

Der fast perfekte Diebstahl

Bei Juwelier Tröllermann wurde das Schaufenster eingeschlagen und ein Diamantencollier aus der Auslage gestohlen. Tröllermann war kurz im Tresorraum und bemerkt den Einbruch erst, als er wieder in den Laden zurückkehrt. Da stürmt Joe Linse ins Geschäft. »Ich habe den Kerl gesehen«, schreit er. »Wir machen Modeaufnahmen gleich um die Ecke. Und da habe ich …«

Tröllermann unterbricht ihn. Er traut der Sache nicht und ruft unverzüglich Kommissar Maroni an, der auch gleich erscheint.

Joe erzählt Maroni: »Wir machten Modefotos und waren mit den Auf-nahmen fast fertig, als wir das Klirren einer Fensterscheibe hörten. Ein Typ mit karierter Jacke rannte direkt vor der Kamera durch. Ich drückte genau in diesem Augenblick auf den Auslöser. Der Kerl kam aus dem Juweliergeschäft, er muss der Dieb sein. Er raste um die Hausecke und verschwand. Aber der Mann ist ja auf Film gebannt!«

Kommissar Maroni fragt: »Kann ich das Bild haben?«

»Klar«, sagt Joe. »Aber erst morgen, weil wir den Film erst im Labor entwickeln müssen.«

Am nächsten Morgen bringt Joe die Negative und das Foto zu Maroni. »Sag' ich doch, eindeutig der Dieb!«, lacht er.

Maroni schaut sich das Material an und lächelt ebenfalls. »Ge-schickt! Aber ich bin überzeugt, dass Sie und Ihre Leute dieses Bild inszeniert haben. Sie wollen vom wahren Täter ablenken! Sie selbst haben das Collier aus Tröllermanns Schaufenster gestohlen.«

Weshalb ist sich Kommissar Maroni so sicher?

Der große Bär

Res Hindler ist wütend! Während er gestern vor dem Abendessen kurz seine Wohnung verließ, muss jemand seine Eintrittskarte für die Bodybuilding-Show, die abends um 21.00 Uhr begann, geklaut haben!

»Ich wette, dass Michael dahintersteckt!«

Michael, sein Nachbar, ist Hobbyfotograf. Res hat ihn gestern um 20.00 Uhr mit Stativ und Kamera auf der Treppe zum Dach gesehen.

Res ruft seinen Freund Maroni, um die Sache zu klären. Zusammen gehen sie zu Michael. Dieser hängt gerade einige Fotoabzüge auf. Er ist empört über Res' Anschuldigung.

»Frechheit! Du hast mich doch gestern Abend gesehen, als ich aufs Dach stieg. Der Himmel war traumhaft klar und ich konnte endlich die Sterne fotografieren. Hier, seht euch nur das Foto an! Der nördliche Sternenhimmel mit dem großen Bären. Gestochen scharf! Ich musste den Film fast drei Stunden belichten, um dieses fantastische Bild zu schießen! Ich war also bis nach 23.00 Uhr auf dem Dach. Da kann ich ja wohl kaum gleichzeitig bei der Show gewesen sein!«

Kommissar Maroni schmunzelt: »Das sehe ich anders. Gerade wegen dieses Fotos glaube ich, dass Sie die Eintrittskarten genommen haben! Denn eins ist klar: Sie lügen!«

Wie kommt Maroni zu diesem Schluss?

Außerirdische

Es hat den ganzen Tag geregnet. Erst am Abend scheint die Sonne wieder. Rentner Körnle befürchtet, dass der Regen seinem Garten arg zugesetzt hat. Und tatsächlich: Teile der Blumenbeete sind niedergedrückt! Er stutzt: »Sind das nicht Fußspuren in der nassen Erde? Das kann doch unmöglich vom Regen sein! Da waren Vandalen am Werk!«

Unverzüglich ruft er Kommissar Maroni zu Hilfe. Der schaut sich den verunstalteten Garten an – und staunt: »Sieht nach Außerirdischen aus! Das sind doch Kornkreise!«

Körnle schüttelt den Kopf: »Was soll der Blödsinn? Außerirdische? Nein! Das waren sicher die Jungs, die auf der Wiese dort drüben herumhängen«, wettert er.

Die Jungen gehen eben an ihnen vorbei, als Maroni ihnen zuruft: »Wisst ihr etwas über die Kornkreise in Herrn Körnles Garten?«

»Kornkreise?«, staunen die Jungen. »Keine Ahnung. Wir sind erst seit 17.00 Uhr hier und haben die ganze Zeit auf dieser Sumpfwiese Fußball gespielt.«

»Fußball gespielt?!«, grinst Maroni. »Dass ich nicht lache. Ihr habt diesen Garten verunstaltet. Klarer Fall.«

Woraus schließt Maroni das?

43

Wer ist der Kissendieb?

»Zum Kuckuck! Da fehlt doch schon wieder ein Kissen der exklusiven Luxus-Flaumlinie«, schimpft Libo Federlein, Direktor der bekannten Kissenfabrik ›Federschlaf‹. Er ist verzweifelt. Seit ein paar Wochen verschwinden regelmäßig Kissen der obersten Luxusklasse. Feinste Daunen in Kaschmirseide mit Goldverschlüssen!

Federlein lässt Kommissar Maroni kommen. Er soll herausfinden, wer der dreiste Kissendieb ist.

Gut getarnt als Besucher schaut sich Maroni in jeder Abteilung der Kissenfabrik um. Heimlich beobachtet er alle Personen, die dort arbeiten.

Er bleibt bis nach Feierabend. Dann hat er eine schlechte und eine gute Nachricht für Direktor Federlein, der ihn bereits sehnsüchtig in seinem Büro erwartet.

»Tatsächlich wurde heute wieder eines der Luxus-Kissen geklaut,« berichtet Maroni.

Der Direktor stöhnt auf.

»Aber das war bestimmt der letzte Einsatz des Kissendiebes!«, verspricht Maroni.

Wer ist der Kissendieb?

Haarwuchsmittel auf Abwegen

Kostümparty im Hotel Maxim! Direktor Kringlein feiert mit, verkleidet als Charlys Tante. Plötzlich reicht ihm der Kellner aufgeregt einen Briefumschlag. »Herr Direktor, eben wurde dieser Brief unter der Tür durchgeschoben! Es war auch noch ein Foto dabei.«
Kringlein liest:

Dieses Sofortbild wurde vor 45 Minuten in der Nugget-Bar gemacht. Derjenige rechts von Bill ist Ritzel und Stoll sitzt rechts von Lanz. Bill hat im Labor Goldhaupt die geheime Formel für ein neues, sensationelles Haarwuchsmittel geklaut. Er will sie einem der zwei Herren auf dem Bild verkaufen. Als plötzlich ein Polizist in der Bar auftauchte, verdufteten die drei sofort. Bill verschaffte sich rasch ein Kostüm und mischte sich auf Ihrer Party unter die Leute. Er muss die Formel immer noch bei sich tragen. Wäre doch eine gute Gelegenheit, ihn zu schnappen!   *Ein Freund*

Kringlein ist ratlos. »Donnerwetter, ich bin doch kein Hellseher! Wie soll ich den Kerl schnappen?«
Zufällig ist aber Kommissar Maroni Gast auf der Party. Als Kapitän Hook verkleidet! Er kann Kringlein sofort sagen, welcher der drei auf dem Foto Bill ist, wie er mit Nachnamen heißt und wo er steckt.

46   Wie heißt der Täter mit vollem Namen und wo steckt er?

Der Erste wird der Letzte sein

Diesen 13. Juni wird Hilde Schlotzmann nicht so schnell verges-sen! Als sie ihr Schmuck- und Uhrengeschäft betritt, sind ihre beiden Angestellten Metzel und Schütz bereits da. Denn heute müssen sie die kostbare Uhr des Scheichs von Oman

reparieren. Hilde will das Prunk-stück aus dem Tresor holen, doch: Die Uhr ist nicht da! Gestohlen?! Da muss Maroni her! Der Kommissar trifft bereits nach 10 Minuten ein und lässt sich alles schildern. Er überprüft Eingang und Fenster. Nichts weist auf einen Einbruch hin. Also kann nur ei-ner der Angestellten die Uhr geklaut haben. Und zwar derjenige, der heute zuerst im Geschäft war. Metzel und Schütz sind empört. Jeder beteuert, nicht als Erster da gewesen zu sein.

Maroni stellt fest, dass jemand an der Überwachungskamera gefum-melt hat. Die meisten Aufnahmen von heute und gestern wurden ge-löscht! Bei den wenigen noch vor-handenen Bildern ist es schwierig,

sie nach Tageszeit und richtiger Reihenfolge zu ordnen. Wie dumm, dass auch die meisten Uhren im Laden gar nicht in Betrieb sind. Doch die paar Bilder reichen Maroni, um den Täter zu entlarven.

Metzel

Schütz

Welcher der zwei Angestellten ist der Dieb?

Miss-Wahl mit Hindernissen

Rosa kleidet sich an und rennt in die Hotelhalle. Dort trifft sie Kommissar Maroni. Er ist mit derselben Reisegruppe unterwegs wie die jungen Damen.

»Wollen Sie zur Miss-Beach-Wahl?«, fragt er. »Eben hab ich auch schon Ihre Freundin Stella hingehen sehen.«

»Stella?«, schimpft Rosa. »Die hätte mich doch abholen sollen. So hatten wir es gestern Nacht, als sie noch rasch auf mein Zimmer kam, vereinbart. Jetzt bin ich viel zu spät dran!«

»Zu spät?«, fragt Kommissar Maroni erstaunt. »Die Wahl beginnt doch erst in einer Stunde!«

Rosa ist verblüfft: »Da stimmt etwas nicht!«

Das merkt auch Maroni, als er einen Blick in Rosas Zimmer wirft.
Ihm ist sofort klar: »Jemand will Ihre Teilnahme an der Miss-Wahl verhindern. Und nachdem Stella ihre Vereinbarung nicht einhielt, muss sie dahinterstecken. Bei Ihrem Besuch letzte Nacht hat sie unbemerkt einen simplen Trick angewendet, um Sie hereinzulegen!«

Welchen Trick meint Maroni?

Maroni lässt sich nicht täuschen

Kommissar Maroni will gerade bei Professor Binzmann klingeln. Da hört er von innen laut einen Hund bellen.

»Sei still, Mopsi! Das ist der Kommissar!«, ruft Binzmann und begrüßt Maroni. »Danke, dass Sie so schnell hier sind!«

Der Professor führt Maroni in einen großen Raum voller Schaukästen mit alten Büchern und Schriftrollen und berichtet, was geschehen ist: »Ich kam mit Mopsi vom Abendspaziergang zurück. Als wir hier an der Tür vorbeigingen, hörte ich drinnen eine Scheibe zu Bruch gehen. Ich riss die Tür auf und sah einen Kerl mit dem wertvollsten Pergament der Sammlung über den Balkon nach draußen flüchten!«

In diesem Moment betreten die Frau und der Sohn des Professors den Raum. Sofort fragt Maroni, ob sie etwas Verdächtiges bemerkt haben. Frau Binzmann antwortet: »Wir waren nebenan und hörten plötzlich Scherbengeklirr. Dann war alles wieder still. Als wir nachschauten, stand mein Mann völlig verstört vor der ausgeraubten Vitrine.«

»Sind Ihre Schätze versichert?«, will Maroni wissen. Als der Professor erleichtert bejaht, runzelt Maroni die Stirn. »Geben Sie es zu, Sie haben den Diebstahl vorgetäuscht, um die Versicherungssumme für das Pergament zu kassieren!«

Wie kommt Maroni zu diesem Schluss?

Reizende Gegner

Kaum zu glauben! In der Nacht vor dem Knüllerspiel Schweiz gegen Deutschland hat sich ein übereifriger Deutschland-Fan in den Umkleideraum des Schweizer Teams geschlichen. Der Saboteur streute Juckpulver in die bereitliegenden Leibchen der Schweizer. Dadurch sollten die Spieler im Match total orientierungslos auf dem Fußballfeld herumrennen und das Spiel gegen die Deutsche Nationalmannschaft verlieren. Doch Pech gehabt! Genau das Gegenteil geschieht. Durch den Juckreiz angetrieben, gewinnen die Schweizer 5:0!

Trotzdem will der Trainer die Sache durch Kommissar Maroni aufklären lassen. Zum Glück hat er den Umkleideraum durch eine Kamera überwachen lassen. Die Bilder sind zwar etwas unscharf und verwackelt, aber für Maroni ist die Sache sofort klar.

Er kann den Täter auf einem der Bilder schnell erkennen.

54 Auf welchem Einzelbild ist der Täter zu sehen?

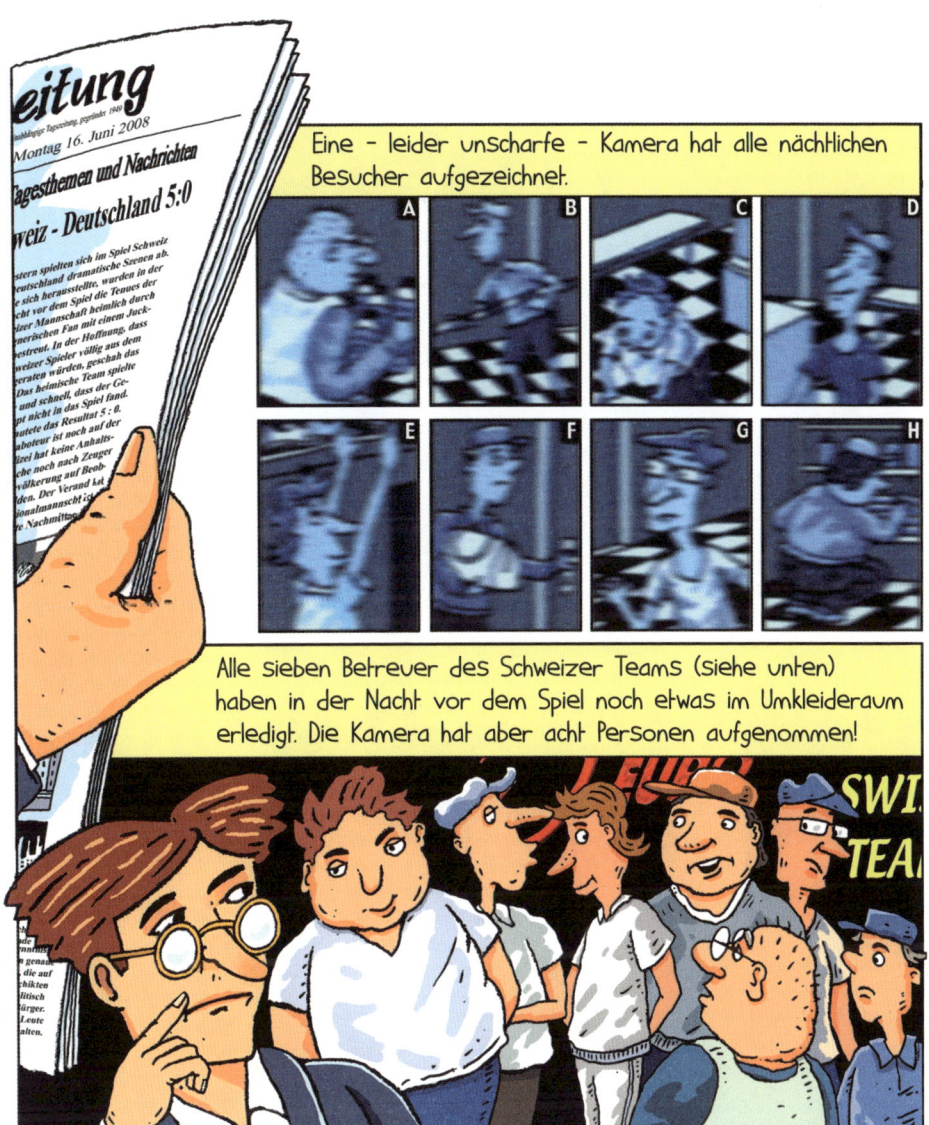

Eine - leider unscharfe - Kamera hat alle nächtlichen Besucher aufgezeichnet.

Alle sieben Betreuer des Schweizer Teams (siehe unten) haben in der Nacht vor dem Spiel noch etwas im Umkleideraum erledigt. Die Kamera hat aber acht Personen aufgenommen!

Der neueste Trick

Der große Hoglun lädt seine Magierkollegen Mulini und Bizarro zum monatlichen Zaubertreff ein. Auch Holguns größter Rivale, Don Miracolo, taucht kurz auf und verblüfft die Kollegen mit seinem neuesten Trick.

Doch um 21.00 Uhr muss Don Miracolo wieder los, weil er im Ritz eine Vorstellung hat. Er klopft Hoglun beim Hinausgehen noch aufmunternd auf die Schulter, als dieser eben auf einem Tablett eine winzig kleine verschlossene Dose hereinträgt. Hogluns neuestes, noch nie gezeigtes Meisterstück. Er macht ein paar beschwörende Handbewegungen und öffnet den Deckel. Aus der winzigen Dose springen 50 weiße Mäuse! Die Kollegen sind begeistert!

Doch kurz darauf muss der Meister feststellen, dass sein schwarzes Zauberbüchlein fehlt. Seine Tricks, mit Anleitung – weg! Einer der Kollegen muss es geklaut haben. Kommissar Maroni ist rasch zur Stelle und befragt die Gäste. Er eilt auch ins Ritz zu Don Miracolo. Auf Maronis Fragen zum Diebstahl reagiert der Zauberer empört: »Damit habe ich nicht nichts zu tun! Jeder weiß, dass ich um 21.00 Uhr wegmusste, als Hoglun eben mit seinem Mäusetrick beginnen wollte.«

Zurück bei Hoglun grinst Maroni: »Alles klar!«

Wer hat das Büchlein?

Die verschwundene Rosina Vanoli

Clemens Torsbach ist der Direktor des Botanischen Gartens von Liznach. Heute ist er schon um 11.00 Uhr im Ostflügel des Gartens unterwegs. Eben ist ein heftiger Sturmregen niedergegangen und jetzt will er nachschauen, ob die Pflanzen Schaden genommen haben. In der Tropenabteilung macht Torsbach eine seltsame Entdeckung: Eine der beiden ›Rosina Vanolis‹ fehlt. Jemand hat die seltene und wertvolle Pflanze ausgegraben und gestohlen, nur ein großes Loch gähnt dem Direktor entgegen. Bei genauem Hinschauen entdeckt Torsbach einige Fußspuren, die zum Tatort führen. In dem Moment kommt sein Assistent Aldo Wurz vom Gewächshaus herüber.

»Schrecklich!«, stöhnt er und schüttelt den Kopf. »Ich habe den Frevel auch entdeckt. Zufällig kam ich nach dem Sturmregen hier vorbei und sah, dass eine der ›Rosina Vanolis‹ weg ist. Das sind meine Fußspuren, denn ich wollte die Sache genauer anschauen. Ich wollte Ihnen gerade Bescheid sagen, und im Gewächshaus sagte man mir, dass Sie im Garten auf Kontrollgang seien.«

Trosbach ist ratlos. Zum Glück ist Kommissar Maroni, der sein Büro um die Ecke hat, gleich zur Stelle. Er schaut sich alles genau an. »Bingo!«, ruft er plötzlich. »Herr Wurz, Ihre Geschichte stinkt! Sie selbst haben die Rosina Vanoli ausgegraben – wohl um sie für teures Geld zu verkaufen!«

Wie kommt der Kommissar zu seinem Verdacht?

59

Frisch gesprayt

»Mit diesen Graffiti habe ich nichts zu tun!«, schnauft Fippo. »Ich bin eben erst hier vorbeigekommen. Ich habe aber zwei Typen gesehen, die gerade mit Mofas wegfuhren. Sie fielen mir auf, weil alles rot an ihnen war. Die Mofas, die Helme und die Jacken.«

Walo Linse, der Lokomotivführer, starrt wütend auf das Geschmiere am Triebwagen des Nachtzugs. Er hat Fippo überrascht, als dieser um die Lok schlich.

»Kommissar Maroni wird das gleich klären«, sagt Linse und ruft den Kommissar an.

Als Maroni eintrifft, wendet er sich gleich an Fippo: »Was treibst du dich zu dieser Zeit hier herum? Da ist es doch naheliegend, dass man dich für den Täter hält!«

Fippo beteuert noch einmal seine Unschuld. Wieder erwähnt er die zwei Kerle, die mit den roten Mofas weggefahren sein sollen.

»Wie sahen sie denn aus?«, will Maroni wissen.

Fippo antwortet: »Einer war groß, der andere klein. Sie trugen rote Lederjacken und Jeans. Der eine hatte eine Sonnenbrille und kurze blonde Haare. Der Kleinere trug sehr spitze Stiefel.«

Der Kommissar brummt nur: »Du solltest dir vorher überlegen, wo du dein künstlerisches Talent einsetzt. Das Entfernen der Graffiti wird dich teuer zu stehen kommen!«

60 Woher weiß Maroni, dass die Graffiti von Fippo stammen?

Streng geheim!

Professor Alibori ist vor Kurzem mit dem Nabelpreis ausgezeichnet worden. Wie groß war seine Freude! Doch ebenso groß ist sein Entsetzen, als er entdeckt, dass sich jemand an die streng geheimen Akten seines Projektes gemacht hat. Sie sind nicht mehr an ihrem Platz im Schrank, sondern auf Aliboris Schreibtisch. Jemand muss sie, als der Professor seine Vorlesung hielt, genommen und die wichtigsten Details in großer Eile abgeschrieben haben. Abgeschrieben – weil das Kopiergerät nämlich beim Haupteingang steht und von überall her sehr gut sichtbar ist.

Nur Aliboris vier Assistenten haben Zugang zu seinem Büro. Also muss es einer von ihnen gewesen sein!

Allerdings will keiner von ihnen zur fraglichen Zeit in Aliboris Büro gewesen sein. Aber Maroni, den Alibori um Hilfe rief, kann bald sagen, wer sich an den Papieren zu schaffen gemacht hat. In der Eile ist der Person nämlich ein Fehler passiert.

Wer ist der heimliche Spion?

Dr. Nils Berger | Dr. Armin Krause | Dr. Vera Noll | Dr. José Ruiz

Hauptpreis gesucht!

Der Wirt Heiko Wirz führt Kommissar Maroni in den Saal. Dort feiert man schon seit mittags ein rauschendes Faschingsfest.

»Was ist denn nun genau geschehen?«, will Maroni wissen.

»Wir wollten gerade die Ziehung der Tombola-Lose vornehmen, da stellten wir fest, dass jemand den Hauptpreis, die Schinkenkeule, geklaut hat! Vor zehn Minuten war sie noch da!«

»Ein Schinken.« Maroni muss schmunzeln. »Hat jemand etwas beobachtet?«

Wirz winkt die Kellnerin Rosi herbei, die sich als Miezekatze verkleidet hat, mit herzförmiger Brille!

Rosi beginnt aufgeregt: »Ich habe vorhin zufällig aus dem Fenster geschaut und gesehen, wie zwei Gestalten einen in Papier gewickelten Gegenstand in einem grünen Auto verstauten!«

Maroni springt auf: »Wir müssen sofort nach den Autos schauen. Vielleicht sind die Übeltäter noch da!«

Maroni und Wirz eilen zum Fenster und halten Ausschau nach dem Auto auf dem Parkplatz.

»Zu spät! Die Gauner sind schon abgehauen. Ich sehe jedenfalls kein grünes Auto da unten!«, stöhnt Wirz.

»Hm, da bin ich anderer Meinung«, murmelt Maroni, »die Kerle müssen wieder zurück zur Party gegangen sein. Ihr Auto ist nämlich noch hier!«

Weshalb ist Maroni dieser Meinung?

Zigarren für Kenner

Dora Pfeiffling arbeitet noch tief in der Nacht in ihrem Tabakgeschäft. Alle Waren im Lager, das sich im Keller befindet, müssen gezählt werden. Plötzlich hört Dora oben im Laden ein seltsames Geräusch. Auf der Treppe nach oben weht ihr eine frische Brise entgegen. Da entdeckt sie ein gewaltsam geöffnetes Fenster. Dora ahnt Schreckliches: ihre Havanna Breitband-Zigarren! Sie hat die teure Ware erst heute geliefert bekommen. Und tatsächlich: Die vier Schachteln mit dem edlen Rauchwerk sind verschwunden.

Dora stürmt auf die Straße. Aber dort ist alles ruhig. Nur dass in diesem Moment drei Häuser weiter das Licht im Flur ausgeht, fällt ihr auf. Dora weiß, dass in dem Geschäftshaus nur Herr Bolte, der Hausmeister, wohnt. Sie kehrt ratlos in ihr Geschäft zurück und verständigt trotz der späte Stunde Kommissar Maroni.

Kurze Zeit später schildert sie ihm in ihrem Laden, was geschehen ist. Der Kommissar will sofort zu Bolte. Vielleicht hat der etwas bemerkt? Herr Bolte gibt bereitwillig Auskunft: Er sei eben erst nach Hause gekommen. Ihm sei leider nichts aufgefallen, doch, Moment, auf der Mauer gegenüber habe er kurz den Schatten einer Person in Richtung Fluss eilen sehen. Möglicherweise sei das der Kerl, den Maroni suche?

Maroni lächelt. »Herr Bolte, wollen Sie mich hinters Licht führen? Ich glaube, dass Sie selbst die Zigarren geklaut haben!«

Was bringt Maroni zu dieser Überlegung?

Pech an Maronis Geburtstag

Kurz vor Ostern hat Maroni Geburtstag. Dazu lädt er etwa 20 Kollegen und Kolleginnen zu einer Party in die Cafeteria im Erdgeschoss des Polizeigebäudes. Als Überraschung hat er drei große Torten bestellt. Sie werden von drei als Osterhasen verkleideten Kellnern in den Raum getragen. Die drei bleiben direkt vor Kommissar Maroni stehen. Plötzlich geht das Licht aus. Im Dunkeln kann man ein schmatzendes Geräusch und dann einen Schrei hören! Kurz darauf geht das Licht wieder an.

Unglaublich: Einer der verkleideten Kellner hat Maroni seine Torte mitten ins Gesicht gedrückt!

Alle drei »Osterhasen« sind noch da. Auf dem Tisch neben ihnen stehen die zwei unversehrten Torten. Niemand weiß, welcher Kellner die Torte auf Maroni geworfen hat.

Jetzt zücken alle einen Bestellblock, als sei nichts gewesen, um die Getränkewünsche der Gäste aufzunehmen.

Der Kommissar wischt sich etwas Schlagsahne aus dem Gesicht. Er lächelt. Denn er weiß, wer der Tortenwerfer ist!

Es stellt sich heraus, dass der Täter vor Jahren von Maroni für eine Gaunerei ins Kittchen gesteckt wurde. Zufällig arbeitet er nun als Kellner in der Cafeteria. Er hat sich mit den zwei andern Kollegen abgesprochen und wollte sich mit der Torte an Maroni rächen.

Wer der drei hat die Torte geworfen?

Das Taschendiebduo

Renzo ist Kellner im Restaurant ›Fröhlicher Eintopf‹. Er ist eben dabei, vier bestellte Mittagessen zu servieren. Und zwar wie folgt:

Tisch Nr.   3:   Menü 2 und ein Glas Wein
Tisch Nr.   8:   Menü 3 und eine Cola
Tisch Nr.   11:   Menü 2 und ein Mineralwasser
Tisch Nr.   14:   Menü 1 und ein Mineralwasser

Doch Renzo ist nicht nur als Kellner tätig – sondern auch als Taschendieb! Während er die Gäste bedient, »bedient« er sich auch gleich selbst und stiehlt ihnen ihre Wertsachen! Das klappt besonders gut während der hektischen Mittagszeit. Dann arbeitet Renzo gern mit seinem Komplizen Marco Tunlich zusammen: Tunlich kommt jeden Mittag in den ›Fröhlichen Eintopf‹, um zu essen – und um Renzos Beute entgegenzunehmen. Dies geschieht stets auf die gleiche Weise. Auch heute sind die beiden am Werk! Renzo hat soeben einer älteren Dame eine kostbare Halskette gestohlen. Marco Tunlich sitzt an einem der vier oben genannten Tische und wartet darauf, die »heiße Ware« einstecken zu können.

Aber heute haben die beiden Pech. Kommissar Maroni ist ebenfalls zum Essen hier. Er hat den Auftrag, endlich herauszufinden, wer im ›Fröhlichen Eintopf‹ den Gästen die Freude am Essen versalzt. Renzos Machenschaften sind ihm gleich aufgefallen!

Doch wie geschieht die heimliche Übergabe und welcher Gast ist Marco Tunlich?

Die Gelbe Johanna

Emma, Lino und Aldo besuchen Norbert. Alle vier sind begeisterte Briefmarkensammler.

»Ich habe bei einem Trödler stinkbillig eine Gelbe Johanna erstanden«, prahlt Norbert. »Wollt ihr sie sehen?«

Klar wollen die drei! Sie folgen Norbert in sein Zimmer. Aus einem Schrank holt er einen gelben, einen weißen und einen grauen Briefumschlag voller Briefmarken heraus. Er öffnet alle und zieht die überaus seltene Marke schließlich aus dem grauen Umschlag.

»Mensch, das wertvolle Stück so aufzubewahren!«, meint Emma.

»Was die wohl wert ist?«, sagt Lino.

Aldo will es genau wissen. Er geht ins Wohnzimmer, um in einem Katalog den offiziellen Wert der Johanna nachzusehen. Währenddessen steckt Norbert die Gelbe Johanna in den weißen Umschlag und legt alle Umschläge zurück in den Schrank. Kurz darauf gehen sie wieder ins Wohnzimmer.

Als Norbert am Abend wieder in sein Zimmer kommt, erstarrt er: Der Schrank steht offen, die drei Briefumschläge liegen aufgerissen am Boden. Die Gelbe Johanna ist nicht mehr da!

›Gestohlen‹, fährt es Norbert durch den Kopf. Das muss einer der Gäste gewesen sein! Norbert ruft sofort Kommissar Maroni an und erzählt ihm, was geschehen ist.

»Klarer Fall!«, sagt Maroni.

Wer hat die Gelbe Johanna gestohlen: Emma, Lino oder Aldo?   **73**

Erwischt!

Frau Schnolle, Lehrerin der 3a, ist sauer: Jemand hat sich in ihrer Schublade an den Lösungen der morgigen Prüfung zu schaffen gemacht und sie sich notiert!

Sie will den Übeltäter sofort ausfindig machen.

Zufällig ist Kommissar Maroni da. Er war in der Klasse 4b, um einen Vortrag über die Polizeiarbeit zu halten.

Die beiden treffen Frido, Rudi und Tanja, die sich verdächtig auf dem Gang vor dem Klassenzimmer herumdrücken.

Auf den Vorfall angesprochen, reagieren sie nervös. Maroni hat sie duchschaut.

Wir, äh, was für Lösungen? äh … nein, äh, das heißt … äh, also …

Wer ist hinter den Lösungen der Prüfungen her?

Ich bin Frido. Ich wollte nur rasch meine Mütze holen. Rudi und Tanja standen vor der Tür und schlossen sie schnell, als ich kam. Rudi steckte etwas in seine Tasche.

Ach was, ich kam von der Toilette! Frido und Tanja waren vor dem Klassenzimmer. Sie hoben einen Zettel vom Boden auf und flüsterten etwas.

Ha, ich kam zufällig vorbei und sah die zwei ins Klassenzimmer gehen. Ich wollte die Tür einen Spalt öffnen. Aber einer von ihnen stemmte sich gegen die Tür.

Hm, ich glaube euch nicht. Ihr steckt alle unter einer Decke! Aber einer von euch hat die Lösungen aus der Schublade geklaut. Und ich weiß auch, wer. Eine Aussage kann nicht stimmen.

Seltsamer Kunstraub

Der Tag geht dem Ende entgegen. Draußen schneit es stark. Kommissar Maroni sitzt noch in seinem Büro und geht kurz vor Feierabend noch einige Akten durch. Da läutet das Telefon. Seufzend hebt Maroni ab

Wenig später betritt Kommissar Maroni das Museum. Direktor Schwimkler ist ganz aufgeregt: »Endlich! Es ist schrecklich! Welche Unverfrorenheit!«

Maroni will genau wissen, was sich abgespielt hat. Dr. Schwimkler beginnt: »Zurzeit läuft hier eine Ausstellung zum Thema Winter.

Lauter Leihgaben verschiedener internationaler Museen. Ich war gerade in der Telefonkonferenz mit meinen ausländischen Kollegen, um vom Erfolg der Ausstellung zu berichten. Wir machen das täglich um Punkt 18.00 Uhr. Plötzlich sah ich durch das Fenster, wie zwei Männer das Bild von Edmond Johannson in einen blauen Lieferwagen trugen und damit wegfuhren. So was habe ich noch nie erlebt! Alles direkt vor meiner Nase!«

Maroni nickt: »Hat das noch irgendjemand anders gesehen?« Mit einem »Nein« hat er gerechnet. Er ist sicher, dass Schwimkler lügt und das vermisste Bild selber an sich genommen hat. Maroni weiß nämlich, dass der Direktor eine kleine private Sammlung besitzt. Da macht sich so ein Bild natürlich besonders gut! Doch Schwimkler ist ein kleiner Fehler unterlaufen.

Was verrät den Direktor?

Der große Unbekannte

Rrrring! Bei Kommissar Maroni klingelt das Telefon. Es ist 19.00 Uhr. Am andern Ende meldet sich aufgeregt ein gewisser Dr. Schweinz. »Bitte kommen Sie schnell«, sagt er. »Frau Wanik und ich sind hier im Café Westend soeben einem fatalen Betrug zum Opfer gefallen!«

Kurz darauf betritt Maroni das Café. Doro Wanik erklärt ihm sogleich, was vorgefallen ist: »Ich sollte Dr. Schweinz äußerst geheime Pläne einer Erfindung übergeben. Ich kenne ihn nicht persönlich, aber wir verabredeten uns telefonisch für 18.45 Uhr hier im Café. Ich war pünktlich da. Gleich kam ein Herr auf mich zu. Er stellte sich als Dr. Schweinz vor und ich überreichte ihm den versiegelten Umschlag. Er verabschiedete sich sofort wieder und ich sah ihn Richtung U-Bahn Ost, bei der Kathedrale eilen. Weiter konnte ich ihn nicht verfolgen, weil mich die Abendsonne blendete. Fünf Minuten später kam der echte Dr. Schweinz ins Café!«

»Ein seltsamer Anruf hat mich aufgehalten. Deshalb kam ich zu spät!«, stöhnt Dr. Schweinz. »Der große Unbekannte war offenbar bestens informiert über unsere Verabredung. Was ist, wenn die Papiere nun den falschen Leuten in die Hände fallen?«

Doch Kommissar Maroni beruhigt ihn: »Keine Sorge! Der andere Dr. Schweinz existiert vermutlich gar nicht! Mit Frau Waniks Schilderung kann nämlich etwas nicht stimmen. Der Umschlag ist sicher noch in ihrer Tasche. Sie will wohl etwas Geld damit verdienen.«

78 Was hat Kommissar Maroni stutzig gemacht?

79

Nikolaus

Albrecht 22:55

Benjamin 22:15

Stanislaus 23:10

Ruprecht 22:40

Wendelin 23:30

Weihnachtsmann in Not

»Endlich!«, lacht der Weihnachtsmann. Zufrieden verstaut er den schweren Sack prall gefüllt mit Geschenken für die Kinder im Schuppen nebenan. Ohne seine fünf Gehilfen wäre wohl nicht alles rechtzeitig fertig geworden! Um 22.15 Uhr macht Benjamin sich als Erster auf den Heimweg. Ruprecht, Albrecht, Stanislaus und Wendelin gehen nacheinander kurz darauf. Doch kaum sind sie weg, macht der Weihnachtsmann eine schreckliche Entdeckung! Einer der Gehilfen hat den Sack aus dem Schuppen mitgenommen!

Zum Glück hat der Weihnachtsmann einen guten Freund – Kommissar Maroni. Dieser nimmt sich der Sache an. Natürlich streiten alle Gehilfen ab, den Sack mitgenommen zu haben. Doch Maroni kann am Tatort schnell sagen, wer lügt.

Wer hat den Sack stibitzt?

Goldenes Jubiläumsgeschenk

Direktor Klamm ist außer sich. Zum Jubiläum »50 Jahre Bürowelt Klamm & Co.« ließ er für seine Kunden 300 vergoldete Büroklammern herstellen. Doch sie sind verschwunden! Dabei hat er sie am Abend zuvor eigenhändig in seinem Schreibtisch verstaut. Da muss Kommissar Maroni her. Als dieser kurz darauf die Büroräume von Klamm & Co. betritt, beginnt er gleich mit der Befragung der Anwesenden. Eins ist klar: Wer heute Morgen zuerst im Büro war, muss der Dieb sein! Hier die Aussagen der sechs Personen im Raum:

Frau Laritze: »Ich war beim Arzt und kam heute erst gegen 9.40 Uhr. Alle waren schon hier im Büro, außer Frau Schmitz.«

Frau Schmitz, Putzfrau: »Ich reinigte zuerst das Treppenhaus. Frau Laritze sah mich, als sie ins Büro kam. Alle anderen waren schon da.«

Frau Beck: »Als ich heute ins Büro kam, waren Frau Rätz, Herr Bazombi und Herr Pohl schon da.«

Herr Pohl, Servicemann der Firma Presso Service: »Als ich Punkt 9.00 Uhr eintraf, begann ich sofort, den Kaffeemaschinen-Service auszuführen. Frau Rätz war schon hier.«

Frau Rätz: »Ach, seltsam …, als ich im Büro ankam, waren Sie, Herr Pohl, doch schon da.«

Herr Bazombi: »Ich traf um 9.05 Uhr hier ein. Nur Frau Rätz und Herr Pohl waren schon da.«

Kommissar Maroni lächelt: »Eine Person lügt. Sie muss demnach die Büroklammern geklaut haben!«

Wer ist der Dieb?

Untergetaucht!?

Seit einiger Zeit treibt Irma Heimlich wieder ihr Unwesen in der Stadt. Mit einfallsreichen Trickbetrügereien lockt sie leichtgläubigen Leuten nur allzu erfolgreich das Geld aus der Tasche.

Einer der Betrogenen bittet Maroni um Hilfe. Auf seiner Suche nach der Gaunerin erhält Maroni einen heißen Tipp: Irma verstecke sich bei ihrem alten Bekannten Bennto. Ein Rentner, der in einer kleinen Wohnung am Stadtrand wohnt. Also nichts wie los zu Bennto.

Doch als Maroni Bennto zur Rede stellt und ihn fragt, ob Irma Heimlich bei ihm untergetaucht sei, lacht Bennto nur: »Irma? Die habe ich schon lange nicht mehr gesehen. Ich weiß nicht einmal, wo sie sich derzeit aufhält.«

Maroni traut der Sache nicht ganz und schaut sich in Benntos Wohnung um. »Wohnen Sie alleine hier?«, will er wissen.

Bennto antwortet: »Ich habe noch einen jungen Studenten zur Untermiete. Sonst komme ich mit meiner Rente nicht hin. Falls Sie immer noch glauben, Irma wohne hier, dann suchen Sie sie doch. Ich wünsche viel Erfolg!« Er lacht hämisch.

Maroni braucht sich aber nicht weiter umzusehen. Er hat etwas bemerkt, das ihm beweist, dass Bennto lügt: Hier ist kein Student in Untermiete, sondern eine Frau! Und da Bennto dies abstreitet, handelt es sich mit großer Wahrscheinlichkeit um Irma.

Lösungen

Das verpennte Rennen 6
Bill Stramm lügt. Denn hätte Carl seinen Tee schon um 10.30 Uhr, also vor 40 Minuten, getrunken, würde er jetzt nicht mehr dampfen.

Begehrte Mickymaus 8
Wallis Kamm liegt auf einer der Glasscherben. Er hat sich also am Morgen noch einmal in die Puppensammlung geschlichen, das Vitrinenglas zerschlagen und die Mickymaus geklaut. Dabei hat er seinen Kamm verloren.

Neider am Werk? 11
Assistent Dr. Mickle selbst ist der Saboteur, der die Kabel durchschnitt. Er kann unmöglich von der Bürotür aus Seeligs Heftpflaster auf der linken Wange gesehen haben, während dieser sich angeblich aus dem Labor schlich.

Der gestohlene Pisscao 12
Wenn die Fotos in der richtigen Reihenfolge geordnet sind, sieht man, dass am 4.5. um 23.57 Uhr jemand durch den Raum geht. Am 5.5. um 0.06 Uhr schleicht dieselbe Person mit einem Porträt davon. Das gestohlene Porträt steht in Wormers Laden links hinter ihm an der Wand.

Der große Ufo-Bluff 15

Der Vollmond steht oben rechts am Himmel. Also ist der Schatten des Ufos auf dem Bild auf der falschen Seite.

Panne oder Sabotage? 16

Viktors Aussage ist falsch. Er kann nämlich von seinem Fenster den Tank gar nicht sehen, weil der auf der anderen Seite des Lastwagens ist. Er hat Zucker in den Tank geschüttet. Da kommt man nicht mehr weit!

Ein dicker Hund 18

Karin Noppsel hat die Tabletten entwendet. Herr Warzmanns Mantel hängt vor ihrer Jacke in der Garderobe. Also kam er nach ihr ins Wartezimmer.

Flucht in die Kohlengrube 20

Joe Motzer ist durch Eingang 3 geflüchtet. Schnüff kann im Wasser seine Spur nicht wittern.

Verflixte Kanonenkugel! 22

So wie die Leiter draußen angelehnt ist, kann man das Fenster unmöglich aufmachen, denn dieses öffnet nach außen. Der Aufseher hat alles inszeniert: Erst das Fenster eingeschlagen, es von innen geöffnet und anschließend von außen die Leiter angelehnt, damit alles wie ein Einbruch aussieht.

Die Torte 24
Manfreds Uhr geht 15 Minuten nach. Die »Acht-Uhr-Nachrichten« waren also bereits vorbei, als er das Radio einschaltete.

Die Sache mit dem Schnurrbart 26
Selina will noch nicht in diesem Raum gewesen sein. Wieso liegt dann ihr zweiter Ohrring auf dem Sofa, gerade unter dem Gemälde des Urgroßvaters? Der Ohrring ging nämlich beim Schnurrbart-malen dort verloren!

Faule Ausrede 28
Der Wind kann den Lotterieschein niemals zu Ronni getragen haben. Er bläst nämlich in der Gegenrichtung. Das kann man gut an der wehenden Fahne vor den Geschäftsgebäuden sehen.

Ungünstige Aussichten 30
Die Zeitung in Madame Gallupes Händen trägt das Datum von Montag. Der Diebstahl geschah also Sonntag und da sind die Bibliotheken geschlossen. Kuno muss also der Dieb sein.

Teure Tassen 32
Jemand muss im Wohnwagen gewesen sein, denn erst kürzlich wurde das Pflänzchen im Topf, rechts auf dem Regal, gegossen. Und da Boris alles abstreitet, liegt es nahe, dass Hulda sich eben doch dort versteckt.

Das Rätsel der Lo-Ming-Fische 34

Die zwei Lo-Ming-Fische sind rot und haben einen blauen Schwanz. Einer ist im Glas auf dem Marmortisch, der andere schwimmt in einem Glas auf dem Küchenregal.

Der falsche Nikolaus 36

Der Nikolaus rechts im Bild lügt. Er hat sich bereits vor dem Schneefall ins Haus geschlichen. Darum führen seine kleineren Fußspuren nur in eine Richtung, nämlich nur aus dem Haus heraus.

Der fast perfekte Diebstahl 38

Joe behauptet, er und seine Crew seien mit den Aufnahmen fast fertig gewesen, als der Kerl vor ihrer Kamera durchrannte. Das Bild, auf das er gebannt wurde, ist aber laut Nummerierung am Anfang des Films, also vor der Foto-Session. Diese wurde nur als Vorwand inszeniert, um die Scheibe einzuschlagen und das Collier zu klauen.

Der große Bär 40

Hätte Michael den Film wirklich drei Stunden belichtet, wären die Sterne als Linien abgebildet, da die Erde sich während dieser Zeit weitergedreht hat.

Außerirdische 42
Wenn die Jungen wirklich Fußball gespielt hätten, wäre der Ball ebenso schmutzig wie sie.

Wer ist der Kissendieb? 44
Der ältere, dünne Herr mit Schnurrbart beim Rollband ist beim Feierabend plötzlich sehr dick unter seinem Regenmantel!

Haarwuchsmittel auf Abwegen 46
Bill ist auf dem Foto in der Mitte. Und heißt mit vollständigem Namen Bill Stoll. An der rechten Hand fehlt ihm der kleine Finger. Auf dem Fest steht Bill am Fuß der Treppe, mit einer langen Rübennase – er ist an dem fehlenden kleinen Finger zu erkennen.

Der Erste wird der Letzte sein 48
Als Metzel am Morgen des 13. Juni den Laden betritt, liegt im Papierkorb Abfall. Als Schütz am selben Tag hereinkommt, ist der Eimer noch leer. Schütz kam also als Erster in den Laden und ist der Uhrendieb.

Miss-Wahl mit Hindernissen 50
Stella hat, als sie nachts noch auf Rosas Zimmer war, heimlich ihren Wecker um neunzig Grad gedreht. Deshalb meint Rosa am Morgen, es sei bereits 10.45 Uhr. Tatsächlich ist es aber erst 7.30 Uhr! Stella hoffte offenbar, dass Rosa wegen der vermeintlichen Verspätung schon gar nicht mehr zur Miss-Wahl gehen würde.

Maroni lässt sich nicht täuschen 52

Bei einem fremden Eindringling hätte Mopsi genauso laut gebellt wie bei Maronis Ankunft. Doch Frau und Sohn haben außer Scherbengeklirr nichts gehört. Also muss Professor Binzmann den Einbruch selbst inszeniert haben.

Reizende Gegner 54

Maroni muss nach der Person im Bild D suchen.

Der neueste Trick 57

Miracolo ist gegangen, als Hoglun eben erst mit seinem Trick begann. Woher konnte er also wissen, dass sich in der Dose Mäuse befanden? Er muss es im geklauten Zauberbüchlein gelesen haben!

Die verschwundene Rosina Vanoli 58

Aldo Wurz war schon vor dem Sturm zu den Rosina Vanolis gelaufen, sonst lägen die Blätter und Zweige nicht auf seinen Fußspuren. Zudem hätte er bestimmt einen Bogen um die Pfützen gemacht.

Frisch gesprayt 60

Fippo behauptet, dass der eine der Kerle auf den Mofas kurze blonde Haare hatte. Wie will er das wissen, wenn er zu Beginn sagt, beide hätten rote Helme getragen? Er lügt also und ist somit als Sprayer überführt.

Streng geheim! 62

Dr. Armin Krause hat sich an Professors Aliboris Dokumenten zu schaffen gemacht. Auf dem Foto an der Wand sieht man den Professor bei der Nabelpreis-Verleihung. Der gemusterte Füllfederhalter steht im Schreibzeugbehälter vor ihm auf dem Tisch. Diesen Füller hat Dr. Krause, nachdem er die wichtigsten Formeln abgeschrieben hat, in der Eile versehentlich eingesteckt.

Hauptpreis gesucht! 64

Das Auto ist noch auf dem Parkplatz, die Diebe sind immer noch auf der Party! Da Rosi eine gelb getönte Brille trägt, hat sie das blaue Auto für ein grünes gehalten! Gelb und Blau gleich Grün!

Zigarren für Kenner 67

Herr Bolte ist tatsächlich der Dieb. An seiner Beobachtung kann nämlich etwas nicht stimmen. Auf der Gasse kommt das einzige Licht von der Straßenlaterne, also von oben. Also kann es keinen Schatten an der Mauer geben, wenn jemand dort durchgeht.

Pech an Maronis Geburtstag 68

Der Kellner in der Mitte ist Linkshänder. Er muss die Torte geworfen haben. Von einem Rechtshänder wäre sie auf der anderen Gesichtshälfte von Maroni gelandet.

Das Taschendiebduo 70

Der Komplize Marco Tunlich sitzt an Tisch 11. Er wartet auf Menü 2 mit Mineralwasser, das der Kellner gerade durchs Restaurant trägt. Mehr als das Essen dürfte ihn allerdings interessieren, was zwischen den Pommes liegt: die Perlenkette!

Die Gelbe Johanna 73

Aldo ist der Dieb. Nur er wusste nicht, in welchen Umschlag Norbert die Gelbe Johanna zurückgesteckt hat, weil er nicht dabei war. Er musste also alle drei Umschläge aufreißen, um die gesuchte Briefmarke zu finden.

Erwischt! 74

Tanja lügt. Die Tür öffnet sich auf den Flur, also kann man sich nicht vom Klassenzimmer aus dagegenstemmen.

Seltsamer Kunstraub 76

Dr. Schwimkler sagt, dass das Gemälde während der Telefon-Konferenz um 18.00 Uhr gestohlen worden sei. Er meldet Maroni den Diebstahl am Telefon aber schon um 17.20 Uhr, wie die Uhr auf Maronis Schreibtisch zeigt.

Der große Unbekannte 78

Doro sagt, sie habe den ersten Herrn in Richtung Kathedrale zur U-Bahn eilen sehen, bis die Abendsonne sie blendete. Die Schatten auf der Straße beweisen aber, dass die Sonne genau auf der anderen Seite des Cafés untergeht. Die ganze Geschichte ist also erfunden.

Weihnachtsmann in Not 80
Die Spuren von Stanislaus verraten ihn. Er ist wegen des Gewichts des Sacks tief im Schnee eingesunken. Ein Fliegengewicht wie er würde sonst niemals solche tiefen Spuren hinterlassen.

Goldenes Jubiläumsgeschenk 83
Frau Rätz war zuerst im Büro. Auf ihrem Pult steht ein Foto von ihr und ihrem Auto. Genau dieses Auto steht zuhinterst im Parkfeld in der Straße, die eine Sackgasse ist. Sie hat also als Erste dort geparkt. Herr Pohl muss mit seinem Lieferauto nach ihr gekommen sein.

Untergetaucht!? 84
Bennto lügt. Auf der Einkaufsliste auf dem Tisch sind Dinge in zwei verschiedenen Handschriften notiert. Dinge, die weder Bennto noch ein Student benötigen. Irma muss also bei ihm wohnen.

Jetzt weiterknobeln!

Neue Krimirätsel mit Kommissar Maroni gibts regelmäßig im SPICK!